뜻밖의 대답

뜻밖의 대답

김언희 시집

민음의 시 125

민음사

自序

이 시편들은 坐入用이
아닙니다.

차례

III

I

예를 들면

예를 들면, 백 년 동안 장롱 아래 깔려 있듯이, 깔린
채 팔만 개의 막대 사탕을 빨듯이,

예를 들면, 흡혈귀 이상으로 흡혈귀가 되어가듯이, 하
루도 남의 피를 빨지 않고는 살 수 없듯이,

예를 들면, 장님이 되어가는 사람의 하나 남은 눈동자*
를 후벼 먹듯이, 하나뿐인 출구가 매독 걸린 입이듯이,

예를 들면, 그것의 피를 묻히지 않으려고 이것의 피를
묻히듯이, 뭔가를 안 하려고 뭔가를 하듯이,

예를 들면, 주방 기구와 섹스하듯이, 너무나 모멸적인
섹스 파트너, 그것이 너를 삼키듯이 토해내듯이,

예를 들면, 어제가 기억나지 않듯이, 어제 뭐 했지? 어
제 뭐 했더라……? 1분도 기억나지 않듯이,

* 장님이 되어가는 사람의 하나 남은 눈동자: 마야코프스키의 「나 자
  신에 관하여」 중에서.

9분 전

근무 중의 手淫
책상다리 사이로 매독이 퍼진다 아침 열 시에

디지털 자지에서 디지털 정액이 흘러
넘치고 빠는 기계 당신은
빨아서 모든 것을
말려
죽이지

불길하고 더러운 새 소식과
만 원짜리 몇 장이 쥐고 흔드는 음탕한 미래

깜빡
잠들었다가 나는
백발이 된 채 깨어난다 미스 리
천국에서 나가는 길 좀
가르쳐줘

천국에서 나가는 길을
애인보다 더 애인 같은 애인이 가로막고 있다

肉重하고 무자비한, 내장의
무게만
백 킬로는 될

미치지 않았으면 맛볼 수 없었을 세상

9분 전이다

후렴

1

3분마다
메시지가 와 고도에게서
눈이 빠지게 나를 기다리고
있다고 성인 전용
채팅방에서

2

당신, 당신 인생의 99%를 속고 살았지?*
난 내 인생의 99%를 속이며 살았어
내 인생의 구십구
99%를

죽은 것보다 더
죽었었어

3

급류를 탄 표류물
납득할 수 없는 그러나 분에 넘치는 개죽음
손댈 수 없이 더러운 강물 위, 보여?

당신 혼자 탄 구명보트 옆을
껄껄껄 웃으며
떠내려가는
내가?

4
그건, 연필 깎는 칼
아냐……? 고기 써는 칼이기도 하지

잘라 보낸 니 자지의 귀는 잘 받았어

보지들이 비처럼 쏟아진다고**
노래한 건, 너
였지?

5
이봐, 지금 자넨
자살관광버스를 타고 있네
하지만 겁낼 건 없어
자넨 이미 죽었고

개에게는
지옥이 없다네

6
아버지의 이름으로,
촌충처럼 마디마디 끊어지는 이름으로,***

미친 척 하면서 구매하고 미쳐가면서 지불하는
빨간 고환, 파란 고환, 찢어진 고환,

의 이름으로,

7
노란 잠수함에는 자리가 없군
노란 잠수함에는 자리가 없어

막힌 변기 같은 내 인생

슈미즈처럼 눈꺼풀을 들어 올리고
나는 벌려주네 임질 걸린 눈을

* 내 인생의 99%를 속고 살았어: Eminem이 쓴 어느 가사인가에서.
** 보지들이 비처럼 쏟아지네: Eminem이 쓴 어느 가사인가에서.
*** 촌충처럼 마디마디 끊어지는 이름: 이성복의 「달의 이마에는 물결
    무늬 자국」 중에서.

Knock, Knock, Knock

구급차는 언제나 너를
스쳐 지나가고

네가 탄 총알택시
선글라스 낀 택시 기사는 장님이라네

낙, 낙, 낙, 나킹 온 헤븐스 도어,* 이봐요 의사 선생
지금 저 산모는 가랑이로 신생아를

삼키고 있잖소, 낙, 낙, 낙, 앞문은
폐문, 낙, 낙, 낙, 뒷문도

폐문, 옆집 문을
두드렸죠, 낙, 낙, 낙, 네 이웃을

네 몸처럼 핥아라, 핥았죠, 릭, 릭, 릭,**
천국의 문고리를, 릭, 말장난은

죽음의 장난
집회서 29장 28절에서 튀어나와 뺨을 후리는

육손이, 육손이, 당신은 손가락이 여섯 개
아버지가 여섯 개

* 밥 딜런의 「Knocking on Heaven's Door」 중에서.
** leak: 핥다.

밀담

　의자마다 목 떨어진 난쟁이가 앉아 있다면, 천 년 전부터 끓던 국물이라면, 추행하는 자와 추행당하는 자의 이름이 같다면, 그 이유의 이유를 설명해야 한다면, 계단 아래서 기다리고 있는 것이 지독한 염병이라면, 다음 기차가 30년 뒤에 온다면, 애인의 아버지가 네 어머니라면, 농담이라면, 구멍이 흘리는 농담, 아주 오래된 농담이라면, 종점 보관소에 보관된 더러운 쟁반이라면, 침대 발치에 미동도 없이 난쟁이가 앉아 있다면, 슬며시 네 발목을 쥐고 있다면, 채널을 돌려도 돌려도 똑같은 장면이 나온다면, 평생 기다린 후 여기 그것이 있다면, 거대한 먼지 기둥으로 발기한다면, 매분 매초가 절정이라면, 절정에서 절정으로, 막간 없는 極樂이라면,

앨리스 1

지루한 나라의 앨리스 더러운 나라의 앨리스 우스운 나
라의 앨리스 지루하고 더럽고 우스운 나라의 앨리스

실시간 접속자

러브러브방 22587
1:1 채팅 31948
성인영화 24815
야한 생각 42537
성인만화 25705
화상채팅 64576
러브메이트 24075

앨리스 2

나? 인생이
달라지는 수술을 받고 밥그릇에
모락모락 똥을 누고 있는
중이야, 환희의 원천이
환멸의 원천이
되는 건
시간문제 아냐? 연료 호스에서
시커먼 기름이 울컥울컥
새어 나오고
여기서
이런 식으로 죽는 것
이게 사는 거래, 마지막으로
한 번 더 끓고 싶은 기름 웅덩이 속의
기름 거품들, 뭔가 썩은 냄새를
좀 맡았으면
살겠어…… 성경을 펴자마자
네가 네 똥처럼 영원히
망하리라, 이럴 수
있어요? 내 샅에
솥을 걸고 개를 삶던, 아버지,

우린 서로를 워어리라고
부르잖아요
에덴장 모텔에서

볼레로

1

신음, 발효, 악몽, 侵水를 막고 있는 백지 한 장, 시
는, 쓰자마자, 시가, 아니다

2

섹스의 찌꺼기, 딸꾹질의 찌꺼기, 불안의, 환멸의, 시
의, 좌절의 찌꺼기, 너는 대입하는 X의 값, X의 화대에
따라 다른 답이 나오는 음탕한 방정식

3

각막에 붙은 껌, 치모에 붙은 불, 이를 갈아대면서 웃
는 거품 속의 개, 입은 없고, 혀만, 있다, 리본처럼 너울
너울 공중을 부유하는

4

가공힐 밍싱의, 음부, 방상의 분비불, 너는 네가 죽인
것을, 먹는다, 鳥葬, 새벽 세 시의 鳥葬, 人肉을 먹이는,
먹는, 앵무, 謹弔, 謹弔, 謹弔, 귀를 씹는 앵무

5

숙련된 갈보의, 산들거리는, 문자의, 恥毛, 리플레이, 리플레이, 리플레이 되는 집요한, 荒淫의 트랙, 시는, 쓰자마자,

룸서비스

　문제는 돈이 아니라 망각이고 문제는 가족이 아니라 사
랑이 아니라 망각이고 심벌즈처럼 울리는 망각의 태양이
고 한 치 오차 없는 망각의 자전이고 망각의 공전이고 내
가 내 자궁에 박는 거대한 거대한 거대한 망각의 다릿발
이고 문제는 망각의 진공포장 속 영구 보존될 맘모스의
자지고 문제는 연애가 아니라 당신이 아니라 망각이고 망
각의 궁전이고 망각의 돌침대 망각의 절정 망각의 체위이
고 문제는 물수건이고 위생처리된 망각의 물수건이고 망
각의 오리발이고 문제는 망각에 타 죽는 망각의 날벌레들
이고 한여름 喪家에 출몰하는 망각의 괴수들이고 대낮에
초인종을 누르는 망각의 검침원들이고

시를 분류하는 법, 중국의 백과사전

a) 정육과 肉汁으로 사는 것

b) 애인의 아랫도리처럼 달콤한 것

c) 애인의 아랫도리처럼 구역질나는 것

d) 두고 보면 알게 되는 것

e) 두고 보면 모르게 되는 것

f) 어디가 입이고 어디가 항문이어도 좋은 것

g) 수세식 변기처럼 순결한 것

h) 똥을 먹일 수 있는 것

i) 끽 소리 없이 똥을 먹는 것

j) 이름만 불러도 깜짝깜짝 놀라는 것

k) 토끼잠을 자고 하루 스물세 시간 토끼씹을 하는 것

l) 더러운 곳을 피해서 무서운 곳으로 가는 것

m) 무서운 곳을 피해서 더 더러운 곳으로 가는 것

n) 피가 모조리 구정물로 변해도 썩지 않는 것

o) 여분의 불알을 질질 끌며 문지방을 넘나드는 것

p) 입을 열 때마다 벌건 자지가 튀어나오는 것

q) 혀가 깃발처럼 일렁이는 것

r) 웬만해선 숨통을 끊을 수 없는 것

s) 도끼를 맞아도 언제나 빗맞는 것

t) 전염병처럼 피해야 하는 것

u) 부를 때마다 틀린 얼굴로 돌아보는 것

현장

지하 이백 미터 암반에서 피가 솟는다 새벽 세 시 암반
속에서 터지는 失明한 까마귀의 피웃음 새벽 세 시 끓어
오르는 웃음이 책상다리를 쥐고 흔든다 새벽 세 시 零下
백도로 끓는 웃음의 비등점 얼어 터지는 까마귀의 뒤통수
새벽 세 시 얼어붙은 까마귀의 목구멍 속에서 얼어붙은
물고기를 끄집어낸다 새벽 세 시 얼어붙은 물고기의 눈알
에 못을 쳐서 벽에다 건다

폐환

문안에는 금니가 있다
금니 안에는 추잡한 혀가 달린 폐환이 있다—이상

어제 뉴스를 오늘 또 본다 어제 뉴스는 일주일 전 뉴스
일주일 전 뉴스는 작년 뉴스 작년 뉴스는 십 년 전 뉴스
문 안에는 금니가 있다

금니는 일년 내내 8월 28일이다 오후 네 시다 아침에도
오후 네 시 정오에도 오후 네 시 자정에도 오후 네 시다
추잡한 혀가 달린 오후 네 시 문 안에는

금니가 있다 유리컵에 담긴 금니는 잊을 만하면 하품을
하고 잊을 만하면 또 하품을 한다 금니 안에는 추잡한 혀
가 달린 폐환이

있다 붉은 루주가 앞니까지 흘러내린 폐환 음탕한 말을
국처럼 마시는 폐환 쥐도 반은 흘리는 폐환이 꾸역꾸역
연애를 한다 꾸역꾸역 그 짓을

한다 비위생적인 연애의 밑을 비위생적으로 핥는다 꾸
역꾸역 얻어먹고 빌어먹고 주워 먹고 훔쳐 먹던 추잡한
혀 급살 맞을 혓바닥으로

시

32

어쩌다가, 내 개가 눈 똥이 당신 입 안에……?

시, 혹은

공포를 제거한 악몽, 악취를 제거한 배설물, 내게 먹이
처럼 주어지는, 이 詩料, 입에 짝짝 들어붙는, 이 屍料들,

죄로 죄를 덮고, 피로 피를 덮고, 흔적으로 흔적을 덮
고, 구멍으로 구멍을 덮고, 망각으로 망각을 덮는, 字間
없는, 行間 없는,

쉼표 없는, 마침표 없는, 이 성스러운 상스러운, 物物
교환, 매물과 매물, 장물과 장물의, 낯가죽을 벗겨도 벗
겨도 해골이 안 나오는 고깃덩이와 고깃덩이의, 物物

交歡의, 이 더럽고도 도도한, 鎭魂의, 뒷문에서 뒷문까
지, 열렬히 끈질지게 수음하면서 발기한 채로 죽을, 무덤
까지, 발기한 채로 갈, 시, 혹은

일식(日蝕) #1

1
고도가
왔다

노란 옷을 입고 맥도날드 깃발을 들고

고도가 왔다
얼굴을 쳐들고 귀를 세우고 고환을 시계추처럼 흔들며

고도가 왔다 털이 다 빠진 성기를 주물럭대면서
쌍년아, 내가
위야!

뺨을 후렸다

고도가
왔다

강물을 따라 떠 내려오다가 내 몸에
터억, 걸린 시체처럼

2

왔다리 갔다리 한다 뱀가죽 코트를 입은 고도가
뱀가죽 코트를 입은 고도처럼 창문 밖을

왔다리 갔다리

……가겠소?

아무리 돌아오지 않아도
돌아와 있게 되는 곳이 있소

그곳을 지나지 않으면
아무 데도 도착할 수 없는 곳이 있소

아무리 많은 여의주를 모아도
그곳을 지나지 않으면 승천할 수 없는 곳이

있소 눈을 돌릴 수 없는, 눈을 떼려야 뗄 수 없는
곳이 있소 마지막 손수건으로 덮여 있는

달아나면 날수록 가까워지는 곳이
가까워질수록 안 보이는 곳이

있소 째이지른 여기서
깎아지른 거기까지는

채 1분이 걸리지
않소

……가겠소?

용의 국물

변기 없는 변소에서
피 흘리는 촌년

입은 없고 입술만 있는, 애인은 없고 터럭만 있는, 이
봐, 죽은 노루랑 해봤어? 미친 웃음과 지독한 거짓말, 곡
예와 곡예의 혈투,* 용의 눈물과 용의

국물로 얼룩진
사물의
부은 목젖에 걸려
빠지지 않는 시
의 자지

도대체
어디다 용의
이빨을 심으라는 거야, 이 낯선
낯익은 개구멍이
열렸다 닫힐
사이

가면 아래
鬼面들
鬼面 아래 푸른
곰팡이 아래
그 어디⋯⋯

* 곡예와 곡예의 혈투: 김수영의 시 어딘가에서.

벙커 A

그것은, 어디에나, 있고, 그것을, 무엇이라고 부르든지 간에, 극장이라, 부르거나, 유치원이라, 부르거나 간에, 그것은, 도살장이고, 도살장임에, 틀림없고, 그것을, 모르는 사람은, 아무도, 없다, 그것들의, 공공연한 용도를, 사무치는, 용도를, 모르는 사람, 역시, 없다, 어떤 간판을, 달았든지 간에, 거기서, 벌어지는, 일들이, 자신의 집, 안방에서, 또는 욕실에서, 家傳의, 도살 기구들이 흔들거리는, 그곳에서, 벌어지는, 일들과, 흡사하다는, 것을, 모르는 사람은, 없다, 그 섬뜩한 항등식, 무엇을, 대입해도 성립되는, 도살의, 등식을, 모르는 사람, 또한,

어떤 입에다 그걸

뻐꾸기 소리를 내면서
미친 척 하는 시계와 기척 없이 알을 낳고
깔고 앉아 죽이는 뻐꾸기, 내가 왜
여기 있지, 터무니없이, 속절없이
왜 내가 여기 있어, 저울 위의
고깃덩어리처럼…… 한번
냄새를 맡은 놈은
죽을 때까지 따라오고, 애인도
凶器지, 아낌없이 주면서 남김없이 죽이는
가족도 흉기야, 너를 죽이지 않는 것은
너를 강하게 만든다,* 개소리, 개소리,
개소리, 너를 죽이지 않는 것들은
너를 개로 만들어, 제 오물로
돌아오고 돌아오는 개
더러운 신비지
벌거벗은 노파가 버스 정류장에 나와 서서
기다리는, 와들와들 자신의 성기를
문지르며 기다리고 있는, 이봐
지금 어떤 입에다 그걸
밀어 넣고 있는 거야

이 시체는
죽은 게, 아냐

* 너를 죽이지 않는 것은 너를 강하게 만든다: 니체가 한 말이다.

일식(日蝕) #2

금간 타일 벽면을 끈끈하게 핥아 내리는 오후 네 시의
가래침, 벌건 대낮 속에 다른 대낮이 드러나고, 끝없이

두 갈래로 갈라져가는 애인의 사타구니, 사타구니 속에
다른 사타구니가 드러나고, 보란 듯이

눈앞에서 꿈틀꿈틀 고도를 낳고 있는 애인의 벌레 구
멍, 애인의 黑點, 금테를 두른

애인의 흑점에서 구물구물 기어 나오는, 고도의 눈을
잡아 뽑고, 고도의 사지를 자르고, 고도의

자지를 잘라 고도의 입에 쑤셔 넣는다, 기어 나오는 족
족, 짝사랑을 누를 길 없어 덜덜덜 손을 떨면서,

Hot Korea*

당신을
인증해주는 것은 핫
코리아뿐이죠, 말이 필요 없는
신음의 제국, 애국가를
4절까지
따라 부르면서

이 방대한
감각의 제국, 국경 없는 공동교미구역에서
씨가 마를 때까지 끝나지 않을
섹스 배틀에서, 몸 성히
돌아올 수
있겠어요, 당신?

可恐할
감각의 제국을 지배하는 더 가공할
무감각의 제국, 저어기 저
시나이 산을
내려오고 있는 게

구성애와 하리수 맞지, 여보?

눈에 거품을 물게 하는, 陰門에
거품을 물게 하는 새로운
신탁, 만물의 새로운
척도를
들고 내려오고 있는

열세 번째
열네 번째 聖徒들, 맞지?

* Hot Korea: 인터넷 성인 사이트.

시, 거룩한

거룩한 汚物, 시, 엽색의 다른 얼굴, 시, 군데군데 정
액을 묻힌 피로한 음부,*

시, 질컥거리는 시, 질컥거리는 경첩, 천국의 뒷문이자
지옥의 정문을 여닫는, 뒷문과 정문의 하나뿐인 경첩, 시

피에 물든 마우스피스, 이 자발적인 재갈, 시, 默秘,
默秘, 默秘, 연루되지 않은 도륙이라고는 없는

죽이려고 하거나, 죽이고 있거나, 막 죽인, 시, 그림자
가 새빨간, 시, 제 손으로 제 낯가죽을 벗기는

벗긴 낯가죽을 개에게 던져 주는, 시, 한 줄을 쓰면 두
줄이 지워지는, 시, 너무나 짧지만 한없이 길고 긴, 짧
은,

* 군데군데 정액을 묻힌 피로한 음부: 이성복의 시 어딘가에서.

일식(日蝕) #3

매일 매일의 개맹세
허구한 날의
개맹세

저 셀 수도 없는 스미스 요원들이
다 자기라고 우기면서
밤마다
너의 자정 위로 오줌을 싸대러 오는 고도

알아? 구멍은
빠진 자에게만 존재한다는 거? 지뢰를
밟은 채 천수를
누릴 수도
있지
않겠어……?

개 같은 고도는 언제나 개 같을 테지만

설사에 자살 처방, 치통에 이혼 처방,
실성한 의사가 갈겨쓴, 무서운 병보다

더 무서운 처방전, 넌
간이 부었어
마셔 내
정액을

하루 세 번
식후 30분

연어

카필라바스투의 부엌문을 발로 차 닫는다 엉덩이를 까
고 통곡의 벽에 오줌을 싸 갈긴다 망각의 풍악호에 모친
을 태워 망각의 개골산으로 보내버린다 펄렁펄렁 내장의
빨랫줄을 쥐고 흔드는 식구들을 헌옷 수거함에 밀어 넣어
버린다 돌칼을 들고 애인의 목을 자른다 절단된 애인의
목을 등불 삼아 흔들면서 세상에서 가장 더러운 변기 구
멍을 빠져나간다 롤러 블레이드를 타고 백만두 번째 방지
턱을 넘는다 키보다 높은 방지턱을

이봐, 지금 시 쓰는 거야?

안경은 닦으면
닦을수록 더 더러워지고
내가 앉는 자리마다 고기가
익지 않는다 나이는 똥구녕으로
처먹었나? 이봐, 지금 시
쓰는 거야? 익지 않는
고기를 뒤집고 또
뒤집는다 지금
내가 여기서
뭐 하고
있는 거야, 카펫 위에
똥 싼 개처럼…… 끝낼 수 없는
삶, 끝낼 수 없는 죽음
내 삶의 중심은
이미 삶이
아냐, 시커먼 보자기가 펄렁펄렁
머리 위를 날아다닌다 最惡이
기다리는 생, 겨드랑이가
가렵다
가렵다 몹시

날자, 날자, 날자꾸나,

겨드랑이에서
목발이
돋아 나온다

오늘도 쓴다마는

오늘도 쓴다마는
무엇을 왜
쓰는지 한 자를 쓰면
두 자가 지워지고 한 줄을 읽으면
두 줄이 잊혀지네 읽으면
읽을수록 무식해지고
알면 알수록
혼미해지네
똥인지 된장인지
똥막대긴지 금막대긴지
금이 줄줄 흐르는 똥막대기가
똥이 줄줄 흐르는
금막대기가
목구멍 깊숙이 들어오는데
行間을 치면 行姦이
나오고 오늘도
쓴다마는
쓰기는 쓴다마는
선창가 고동 소리도 옛 님도
없이 지나간 자국도

고일 눈물도
없이

뜻밖의 대답

水門에 걸려 있는 죽은 개,
썰어진 간,
자궁 속의 귀뚜라미,
괄호 속의 똥,

그것들을 덮고 지우고 보내버리기 위해서

밥에 섞인 돌,
밥에 섞인 글자,
밥에 엉긴 머리카락,
밥에 엉긴 가래,
밥에 엉긴 정액

•

마침표를 찍자
분수처럼 구더기가 솟구쳐 나온다

II

정각

　정각이 되자 보이지 않는 의사들이 오고 정각이 되자
착암기의 끝이 바위의 염통에 닿았다 정각이 되자 귀에
물이 가득 차오르고 정각이 되자 보이지 않는 나무가 내
몸에 발목을 심었다 정각이 되자 백골들이 꽃처럼 열리는
나무 정각이 되자 보이지 않는 역에 보이지 않는 기차가
서고 정각이 되자 이끼가 끼도록 고요한 정각이 되자 심
지어

스크래치

스크래치,
가방 속의 여덟 머리,* 일찍이
내 것이었던 여덟, 나는
본다, 고로, 나는
내가 보는 것
이다, 1600일 쉬지 않고 비가 내리는
플라스틱 파라다이스, 나는
읽는다 왜 읽는지
모르는 섹스의
黃道,** 교미의 皇都, 黃桃와
天桃, 털 난 것과 털 나지 않은 것,
亡者는 털 난 과일을 먹어서는
안 된다, 금기의, 환멸의,
코브라 트위스트
의 皇道에서
킬킬대는
달나라의 돼지, 내겐
십자가 대신 갈고리가
왔을 뿐이야, 食肉의
聖堂이, 시뻘건

여인숙이,

* 미국 영화 「8 Heads in a Duffel Bag」의 국내 개봉 제목.
** 보드리야르의 『섹스의 황도』에서 따왔다.

오늘도 어김없이

　오늘도 어김없이 칠판이 오고 시작도 끝도 없는 칠판
검은 복면의 칠판이 오고 ㄲ적거리면서 네가 사라지는 ㄲ
적거려지면서 네가 사라져가는 밤의 칠판 아침의 칠판 오
후 네 시의 칠판 콧구멍에서 허옇게 석회가 흐르는 徒勞
의 마멸의 쓰디쓴 환멸의 칠판이 오고 네 입속 분필처럼
부러지는 혀 네 질 속 분필처럼 부러지는 성기 면상 가득
허옇게 회가 흐르는 막다른 칠판 새벽 세 시의 칠판이 오
고 불면의 악몽의 질주의 칠판이 오고 피할 수 없는 칠판
네가 허연 가루로 으깨어져 내리는 검은 구멍의 칠판이
오고

컴배트

1

이것 봐
샌프란시스코에선
똥구멍에 꽃을 꽂아야 해
오늘까지가
계도 기간이야

2

금일
나는 메일로 신탁을
받았지; 아무것도 기다리지 마, 병신아
아무것도 안
기다리는데
병신!

3

만성 탈장
질질 새는 창자로 내장 케이블을 꼬고 있는 중이야
기기긱 치치칫 파파팟 24시간 잡음만 송출하는
노이즈 전문 케이블, 컴배트는

바퀴벌레를 분열증으로
죽인다며?

4
지하 주차장이었는데 말야
시동을 걸고 보니 핸들 위에
까마귀가 앉아 있더라구
기이다란 뱀을
물고, 글쎄

5
깡통 속의 고기 완자
썩어서도 영원히 싱싱한 썩은 고기 완자, 난
노다지를 찾았노라 마침내
찾았다구 누렇게 빛나는
너더움의
금맥을

6
홍몽이

패러디하는 악몽, 뇌의
오 분의 삼이 잘려도 개구리는
하던 짓을 마저
한다며

망각을 위한 망각에 의한 망각의 제국, 여보

지금 당신이 먹고 있는 건
쥐약 먹은 쥐야

7
나, 환멸의 여의주를 물고
등천한다 내 입에는
너무 큰
여의주

여의주 재갈을 물고

앵무새가 웃었지

앵무새가
웃었지

죽은 눈이 뽑히고
죽은 배가 갈라진 앵무새가 웃었지

앵무새의 복부에서
썩는 물이
웃었지

이상한 열매 죽은 개가 열린 나무 아래서
입속의 혁대를 풀어
쥐고, 웃었지

줄 끊어진 그네 위에서 웃었지, 그랬지

빨간 털실로 잘린 목을 꿰매 붙인
앵무새가 웃었지

자물통처럼
웃었지

부생육기(浮生六記)

　백 년 동안의 홍수 백 년 동안의 침수 너는 침수된 방
에서 살지 비가 줄줄 새는 방 백 년 동안 물은 빠질 새가
없지 변기가 넘치지 사방에 똥 덩어리가 둥둥 떠다니지
막힌 개수대가 울컥울컥 게워 올리는 백 년 동안의 개숫
물 백 년 동안의 구역질 물은 빠질 데가 없지 두 눈에서
줄줄 닭똥이 흐르는 백 년 동안의 염병 백 년 동안의 돌
림병 엎어진 장롱 속 지퍼를 내린 채 흔들거리는 다리 없
는 가랑이들 백 년 동안 너는 흠씬 젖은 이불을 덮고 잠
들지 불어 터진 베개 내장이 비어져 나온 베개를 베고 잠
들지 백 년 동안 물만 마셔도 살이 찌는 너 물만 마셔도
부풀어 오르는 바가지 같은 헛배가 너를 물 위에 띄워놓지
시커먼 뒤통수로 떠 흔들리는 백 년 동안의 부유(浮游)
방구석에서 구석으로 너는 유유히 밀려다니지 물에 풀어
지는 똥 덩어리와 함께

금동미륵

반가
사유의, 이를
악물고 짓는 미소의
더러움, 금동미륵은 각목으로
맞아야 발기한다. 더러운 진리, 진리의
탐폰, 손가락만 한 미륵을 솜뭉치에 감아
삽입한다. 손톱 밑의
핏자국, 이를
악물고 짓는 미소의 추잡함, 반가의
추잡함, 사유의 추잡함,
미륵이여 나를
흠씬
빨아 잡수시기를, 나는 점점 더러운 것이
되어가므로, 점점점 무서운 것이
되어가고 있으므로, 눈을
뜨지도, 눈을
감지도
않을 것이므로

꽃다발은 아직

한 묶음 해골다발 한 묶음 성기다발 꽃다발은
아직 썩어줄 생각도 하지 않는다 피와 두부
으깨어진 자가 엉겨 붙는 꿀떡과 피떡 누가
시를 쓴다 쓸개에 돌로 누가 시를 쓰고 있다
아스팔트에 창자로 누가 으득으득 분쇄기를
돌리고 있다 너는 언어의 찌꺼기 구멍에서
구멍으로 흘러가는 구멍의 찌꺼기 누가
시를 쓰고 있다 눈동자에 바늘로 감을래야
감을 수 없는 눈자위 피웃음을 문 충혈된
물고기의 눈자위 한 묶음 해골다발 한 묶음
성기다발을 들고 누가 천 년 동안 회전문
속에서 돌고 있다 이십 리터 종량제 봉투 속
꽃다발은 아직 썩어줄 생각도 하지 않는다

해 뜨는 집

　한 줌 먼지 속의 공포, 먼지 속의 피, 흡혈, 흡혈, 흡혈, 바람 속의 뱀눈, 바람 속의 뱀 비늘, 저기 저 언덕 위의 하얀 집, 털투성이 하얀 집, the house of the rising sun, the house of 1000 corpses, 구멍의 흑점, 구멍의 가장 징그러운 데에 앉아 기억은 뱀을 부리고, 목구멍 속의 쇠 비린내, 한 방울 피에도 되살아나고 되살아나는, 한 줌 먼지 속의 눈초리들, 겁내지 마, 여기가 바로 거기고, 우린 벌써 그것들이 되었어, 설명할 필요도 없는 것들이, 바람 속의 뱀 눈, 바람 속의 뱀 비늘, 우리가 오래 씹어야 할 고기, 저것도, 다섯 손가락을 가졌어, 손톱 밑에 피가 흐르는,

마침내 그것의

이자의 개가 되고
호출기의 개가 되고
더 이상 변명일 수 없는 변명의 개가 되고
단말기의 개가 되고
땅거미의 개가 되고
숙취의 개가 되고
시의 개가 되고
구멍의 개가 되고
입에서 나온 입으로 뻐꾹
뻐뻐꾹 성교를 하고 백날이고 천 날이고
연기가 피어오르고 마침내
마침내 그것의 개가 되고
백날이고 천 날이고
누린내가
피어오르고

착오 102

102
한 착오가 그것을 한쪽 방향으로 비튼다 비틀어지지 않
을 때까지 다른 착오가 그것을 역방향으로 비튼다

비틀리지 않을 때까지

103
그것은
잇새에 낀 살점처럼
후벼내졌다 그것의 의자는
치워졌다 피 한 방울 흘리지 않고 그것의 팔다리는
절단되었다 이제 그것은
이빨로
책상 한 모서리를 물고
매달려 있다

104
벤치의 다른 쪽 끝에 그것이 와 앉는다
그것이 씹고 있는 것은
압정들이다

오래 씹어 껌처럼 말씬거리는

105
뜯기고 남은 살점처럼 그것은 그것의 뼈마디에 들붙어
있다

그것은 고기도 아니고 유령도 아니다

106
그것은 언제나 誤記된다 그것은 언제나 誤譯된다
誤記되고 誤譯되면서 그것은 서서히
미쳐간다 한 발자국
한 발자국
뒷걸음질 쳐 세계를 일주하면서

107
그것이 웃은 것 같지 않은 웃음, 그것이 죽은 것 같지
않은 죽음. 이토록 뭉툭한, 이토록 민들민들한, 가지 없
는 가로수 밑을 그것은 배회한다

썩다가 불려 나온 라자로처럼

108

새인지 짐승인지 모를 것이 그것을 보고 운다 아니 웃
는다 눈꺼풀을 찢어발기고 새인지 짐승인지 모를 것이 그
것의 눈동자에 가래를 뱉는다 내장 속으로 미끌미끌 가래
가 흘러들어간다 그것은

너무 멀리 와버린 것이다…… 길을 잃어버리려고 기를
쓰면서

릴리 슈슈의 모든 것*

알고 있니 네가 무엇의 구정물인지/ 알고 있니 릴리 슈
슈의 모든 것/ 꺾인 채로 점점점 살이 찌는 가지들을 알
고 있니/ 일회용 러브 홀 파라다이스/ 그 변기에 달라붙
는 그 침전물을 알고 있니/ 장독처럼 배가 둥근 증오를/
증오의 이중장부를/ 알고 있니 이 선정적인 클린치/ 씹어
죽이고 싶은 것과의 이 치 떨리는/ 이 피땀 범벅의 클린
치/ 알고 있니 자면서도 벌어져 있는 이 입/ 네가 아버지
라고 붙어먹은 게/ 아버지가 아닌 줄/ 알고 있니 죽여도/
죽였는데 또 있는/ 또 있고/ 또 있고/ 또 있는/ 썩는 데
걸리는 오백 년 동안/ 오억 년 분의 그것이 또 생겨나는
걸/ 알고 있니 네가 할 수 있는 게 아무것도 없는/ 네가
할 수 없는 게 아무것도 없는/ 이…… 공포/

* 이와이 슌지가 감독한 영화 「リリイシュシュのすべて」의 우리말 제
목이다.

셋이며 넷인

　자살과 타살의 경계가 애매해지고, 피고와 범인의 경계
가 애매해지고, 흉기와 변사체의, 비명과 교성의,
　경악과 경탄의

　경계가

　애매해지고, 없어진 발가락에서 발톱이 길어나
　없어진 발가락을
　파고들고

　깁고 기운 갈보의 닭고기
　으스러진 닭뼈에서 여보 나는 당신을 발라내

　입이 항문이고 안이 밖이고 위가 아래고 눈두덩이 불두
덩이고 손이 발이고 똥이 떡이고 하나이며 둘이고 셋이며
아홉인

　당신을

시, 추태(醜態)

밥상 밑의 인당수, 침대 밑의 인당수, 의자 밑의 인당
수, 행간의 인당수, 살기 위한 천 행의 거짓말, 천 행의
죽음, 너는

쓴다, 쓴다는 醜態, 극단과 말단을 위한, 집요한 천착
을 위한, 무한 반복을 위한 진정제, 이미 항문이 열려버
린 세계를 위한 진정제, 너는

쓴다, 쓴다는 惡行, 불타는 집에서 머리카락에 불이 붙
은 여자가 창문마다 뛰어다니며 창살을 쥐고 흔드는 동
안, 목맨 여자가 거기 아직

매달려 있는 동안, 너는 쓴다, 영원하고도 더러운 지
옥, 동어 반복의 지옥을 헤매며, 썩은 고기를 파내는 개
처럼, 파낸다 자궁 속에서

썩어가는 아버지를, 더럽게 맛없는 금단의 단백질을,
파낸다 피를 뻘뻘 흘리며, 천 년 묵은 겸자, 퍼렇게 녹
슨 겸자로

기억의 고집

1
주사기만 있었다 손톱 밑의
바늘 자국만 있었다 면도날만
있었다 금방 깨진 유리병만
쓰고 버린 생리대만 있었다
새는,

2
없었다

3
맷돌이 있었다 새장 속에 맷돌만
있었다 맷돌을 돌리자 방울,
방울, 새가 떨어졌다

새장 속에 도끼가 있었다
도끼만 있었다 자루는
없었다 자루 없는 도끼를
뒤통수에 파묻었다

맷돌에게 모이를 더,
주어야 할까…… 자루가
중얼거렸다 뒷골 속에 묻힌
도끼가 중얼거렸다

비정성시

누구는 귀가 멀고 누구는 미쳐서 돌아오고 누구는 맞아
죽는다 아무도 안 때리는데 누구는 치통을 벌려주고 누구
는 영혼을 벌려주고* 누구는 불알을 까서 바쳤다고 하고
누구는 눈알을 까서 바쳤다고도 하고 누구는 소파 밑의
인당수에 빠져 뒈지고 누구는 행간의 인당수에 빠져 뒈지
고 누구는 서랍 속에서 물 한 방울 안 묻은 익사체로 발
견된다 한 아름 상처다발 한 아름 파지다발 누구는 바람
부는 장롱 속을 목 없이 헤매고 누구는 이가 빠지고 누구
는 털이 빠지고 누구는 젓갈 종지 속에 썩어 있다 부패의
척도가 완성의 척도라고 누구는 애완용 구더기를 기르고
눈에 넣어도 안 아플 구더기를 눈에 넣어 기르고

* 영혼을 벌려주고: 송재학의 시 어딘가에서.

Love Song

건망증과
섬망증, 분열증과 편집증
십만 팔천 캐럿 망상 가락지*를 낀 구멍이
언루증 걸린 구멍이
혈뇨와 피똥
구멍 위에
구멍을 싸 뭉개는 구멍이
유리창을 깨고 나온 구멍이
벽지를 뚫고 나온 구멍이 아침부터
런닝 하나를 찢어발긴 충혈된 구멍이
구멍을 뚫고 나온
구멍이, 노래
부른다

제 구멍을 못 이기는
구멍의 노래

* 십만 팔천 캐럿 망상 가락지: 진이정의 시 어딘가에서.

불안은 불안을 잠식한다

3분마다 발정하는 불안, 책상 아래서 불알을 주물럭거리는 불안, 기둥 같은 헛좆을 세우는 불안, 불안이 간통을 하고, 불안이 시를 쓰고, 불안이 불안의 눈알을 후벼 불안의 목구멍을 틀어막는다. 심장의 박동, 불안의 비트, 쉭쉭거리는 불안의 피스톤, 들숨날숨 공기만 마셔도 살이 찌는 불안, 러닝머신 위에서 헐떡거리는 불안, 혀가 말리는 불안, 쓸개에 돌을 박는 불안, 수족관 속에서 질금질금 똥을 지리는 불안, 배가 갈라져도 숨이 끊어지지 않는 불안, 접시 위에서 벌렁거리는 불안, 우걱우걱 대가리가 씹히면서도 멈출 수 없는 교미, 다다를 수 없는 나라에 다다르는 불안,

이보다 더

이보다 더 더러울 수 없는, 시라고 한 편 쓰고 나니,
죽은 닭대가리처럼 흔들거리는, 시라고 한 편

쓰고 나니, 얼이 빠지고 턱이 빠지고 밑이 다 빠진,
시라고 한 편 쓰고 나니, 틀린 사지에 틀린 머리가 붙어
있는,

실룩실룩 심금을 웃기는, 시라고 한 편, 입이 열 개라
도 말 못 하는, 말 못 하는 열 개의 입이

한꺼번에 군침을 흘려대는, 시라고 한 편 쓰고 나니,
악취 속의 악취, 구린내 속의 지린내, 쓰면 쓸수록 코를
찌르는,

이보다 더 지릴 수 없는, 시라고 한 편 쓰고 나니, 피
를 숨기고 증오를 덮는, 달게 죽어주면서 달게 죽이는,

이명(耳鳴)

메운 지
20년이 넘는 우물 속에서
커엉
컹
죽은 개가 짖는다
뚜껑 덮인 우물 속에서
다리 없는 개가 달리는 능멸의
트랙, 우물 속
끓어 넘치는 양잿물이
20년 동안 삶고 있는 피서답
부글부글 끓어 넘치는
피거품, 아버지
내 몸에는
사천 개의 경첩이 박혀 있어요
아버지의 경첩이, 귀
우물에 내고
장롱이 된 지 20년이 넘는 나무가
외마디를 지른다 베어진 지
20년이 넘는
나무가

1, 3, 5, 7, 9,

    똥집뿐인 닭이 웃는다 실룩실룩 똥집이 웃는다 떨어진 닭대가리가 웃는다 닭대가리 닭대가리 삘그렇게 정수리에 돋아 나온 음핵이 웃는다 피 칠갑이 웃는다 육개장이 웃는다 식어빠진 건더기가 웃는다 가랑이 사이 한 덩어리 적출물이 웃는다 여호와의 이름으로 반 토막 난, 여호와의 이름으로 반 토막이 웃는다 산산이 부서진 턱주가리가 조각난 어금니가 웃는다 너덜너덜 피 빨래가 웃는다 붉은 장물들이 웃는다 훔친 혓바닥이 웃는다 훔친 콧구멍이 웃는다 훔친 목구멍이 웃는다 더 이상 구멍이라고 부를 수 없는 구멍이 웃는다 구멍 속에서 흔들흔들 물혹들이 웃는다 이물 1, 3, 5, 7, 9가 웃는다

히치하이크

거품이
쓰고 거품의
거웃이 쓰고 구멍이
쓰고 구멍의 가래가 쓰고
피로가 쓰고 망각이 쓰고 망각의
가발이 쓰고 환멸이
쓰고 개뿔이
쓰고 개뿔의 그림자가 쓰고
혓바닥이 목구멍까지 들어오는 죽음의 프렌치 키스
검은 스키드 마크가 쓰고 急煞의
타는 고무 냄새가 쓰고 치질과
풍치, 치석과 치핵이 쓰고
거룩한 말씹조개
침 흘리는 거대한
말씹조개가
쓰고

* 침 흘리는 말씹조개: 최승호의 시 어딘가에서.

검은 택시

어느 날 문득 어금니가 빠지고 어느 날 문득 한입 문면발이 끊어지지 않는다 어느 날 문득 쏟아질 듯 물컹한 소포가 당도하고 어느 날 문득 이불 속에서 당신을 움켜쥐고 있는 果刀 칼끝이 구부러진 果刀 어느 날 문득 방바닥이 온통 껌으로 도배되고 어느 날 문득 발신 번호 없는 메시지를 받는다 개잡년 각오해라 어느 날 문득 자물쇠는 부러진 열쇠를 삼킨 채 영영 입을 다물고 어느 날 문득 승강기는 한 번도 내려본 적이 없는 곳에 당신을 내려놓는다 어느 날 문득 점멸등은 당신이 있건 없건 꺼져버리고 부른 사람이 없는 택시 아무도 부르지 않은 검은 택시가 골목 앞을 떠나지 않는다

딜러

문은, 밖에서
잠겨진다

단추 구멍에 음산한 핏빛 카네이션을 꽂고
너는 마지막 패를 돌린다 너는 전부
가짜거나 거의 가짜다

모자를 벗기면
너는

몇 마리 더러운 비둘기가 되어 날아가버릴지도 모른다

III

당신과 나 사이

당신과 나 사이에는 빨간 지붕 초록 잔디 그 잔디에 쉴 새없이 피를 뿜어주는 스프링클러 휴식도 망각도 없는 스프링클러 당신과 나 사이에는 개고기버거 돼지감자 똥으로 만든 꽃 당신과 나 사이에는 핏빛 果肉 반으로 잘려져 핏빛이지만 한없이 달콤한 당신과 나 사이에는 행복의 시커먼 분화구 분화구의 울창한 치모 당신과 나 사이에는 불길한 요리 불길한 고깃덩어리 접시 위에서 불길한 고깃덩어리가 감추고 있는 불길한 입 당신과 나 사이에는 발각의 공포 발견의 공포 입에서 피를 토하는 토끼들* 벽지와 방바닥에 피를 묻히며 뛰어다니는 토끼들 당신과 나 사이에는 휴식도 망각도 없는 발기 공포로 인한 발기 당신과 나 사이에는 더럽고 잔인하고 짧은 짧아도 더럽게 짧은

* 입에서 피를 토하는 토끼들: 김도연의 「이제 그는 시인을 믿지 않는다」 중에서.

애야, 집이 어디니?

1

애야 집이

어디니

네 집으로 가거라

아버지가 계시는 곳으로

아버지가 계시는 곳이 네 집이란다 애야

이제 그만 집으로 가거라 아버지가

기다리시지 않겠니 식탁 위에서

아버지의 의수가

변기 속에서

아버지의 개눈이 기다리지 않겠니

기다릴 거야 애야 침대 속에서

아버지의 의족이 물잔 속에서

아버지의 의치가 이빨을

딱딱딱 마주치며

기다릴 거야

2

그것 말고는 아무것도 너를 기다리고 있지 않은 집으로
너는 돌아간다 한 번도 집이었던 적이 없는 집으로 그 집

에서 너는 한 번도 밥이었던 적이 없는 밥을 먹는다 경멸
과 면박의 망각과 질식의 더운밥을 먹는다 한 방울 피에
도 되살아나고 되살아나는 괴물의 집 외눈박이 의처의 집
에서 너는 한 번도 잠이었던 적이 없는 잠을 잔다 한 번
도 꿈이었던 적이 없는 꿈 매일 밤 똑같은 꿈을 꾼다 하
룻밤도 빠짐없이 한 장면도 빠짐없이

옥상 물탱크 속의

옥상 물탱크 속의
섬뜩한 표류물
집을 지키고 있는 것은
오른쪽 눈알이 썩어버린 인형이다
더러운 피에 머리를 감아 빗고 어제
옥상에서 떨어져 죽은 여자가 오늘
또 옥상으로 올라오고 지옥에서는
아무도, 죽지
않는다

기둥 없는

기둥 없는 집, 피를 채운 풍선들이 천장을 떠받치고 있는 집, 도끼를 빗맞은 집, 푸르죽죽한 악몽의 고환이 방바닥을 쓸고 다니는 집, 늘어진 자지가 문고리로 달려 있는 집, 귀에 못이 박히는 집, 귀에 못을 박는 집, 오른 귀로 박혀 들어가 왼 귀로 빠져나오는 집, 뿌리째 뽑아버린 목소리가 끊어진 뿌리를 흔들면서 킬킬대는 집, 벽지 아래 벗겨진 전깃줄들이 웅웅웅 몸을 뒤트는 집, 수도꼭지에서 유황과 황산이 철철철 쏟아지는 집, 반인반수와 싸우는, 반인반수와 붙어먹는, 반인반수를 먹고사는 집, 아가리 닥칠 줄 모르는 집의 아가리, 가랑이 닥칠 줄 모르는 집의 가랑이, 식칼을 들고 흰 앞치마를 피로 물들인 집, 어금니와 송곳니의 집, 혀를 씹는 심야 특식의 집,

그것은 쉽게 녹슬고

그것은/쉽게녹슬고/쉽게흉기로/돌변하는구조물/모든무
서운것의/시작이자/끝이고/중간인/구조물/

지옥같은/지옥인/지옥의/구조물/동물적인/가족적인/드
라큘라적인/구조물/그것은/절단되지도/

절개되지도/않는다/악몽속에서/새롭게/이목구비를만드
는/내장처럼생의/중심에서/실룩거리는/구조물/

너무오래/보고있어서/보이지않는/구조물/벽은/없고/금
만/있다/내재한/

자멸의/노선을/따라/極烈하게/번져가는/

천 번을 보아도

천 번을 보아도/ 기억할 수 없을/ 얼굴이/ 필요하지도
않을/ 차갑게 미끌거리는/ 이 세상 바깥의 工具를/ 들고/
머뭇거리지도/ 멈추지도/ 않을/

피에/ 목마르지도/ 피를 아끼지도/ 않을/ 하려고 하는
모든 것을/ 할/ 모든 개 같은 경우의/ 조합을/ 차례차례/
원하다면 동시에/

그렇게 하려고/ 거기에/ 있을/

이제부터 진짜

이제부터 진짜
나눗셈이 시작될 거야, 아빠
아빠들의 공책은 진정한 숫자들로
가득 차게
될 거야

내가 배운
나눗셈

아빠들의 그림 성경에서
아빠들의 교리문답 시간에 배운 그 모든
나눗셈 그 음산한 죽음의 교실에서
그 찐득찐득한 연필심을 빨며
내가 배워야 했던

심상을 머리로 나누고 머리를 자궁으로 나누고 자궁을
다시 각설탕으로 나누는 그 추잡한 미분 그 추잡한 적분의

나머지들, 나머지들, 검붉은

나머지들의 엘리베이터가 올라오고 있어, 아빠
지하 90층에서

이제부터
진짜
나눗셈이 시작될 거야

꽃밭에서, 아빠, 아빠하고 나하고 만든

도끼를 들고

1
도끼를 들고
기둥을 찍으면
기둥 속에 또 기둥이 박혀 있는
물렁물렁한 이빨로 지긋이 도끼날을
물고 흔들며 기둥 속에서
물렁물렁
기둥이 웃는

2
손을대면전부
벌레가되어꿈틀거리는

네신발속에똥을싸지르는네모자속에똥을싸지르는네헛바닥
위에똥을싸지르는

입은없고이빨만있는목은없고목구멍만있는

밤마다네뒤통수를후벼파알을까는

건드리면
뿔뿔이벌레가되어흩어지는

살진벌레덩어리

집

네 육신은 그것들의

네 육신은 그것들의 비망록 그것들의 출석부 네 겨드랑
이에 눈꺼풀에 혓바닥에 발바닥에 그리고 네 음순에 써레
질된 그것들의 주문서 그것들은 밥상 위에 없는 반찬만
찾는다 그것들은 신장 속에 없는 신발만 찾는다 그것들은
책꽂이에 없는 책만 찾는다 그것들은 집에 없는 사람만
찾는다 아침저녁 네게 먹이처럼 주어지는 그것들의 분비
물 그것들의 배설물 썩은 고기를 노리는 까마귀처럼 그것
들은 네 머리 위를 빙빙 돈다 그것들은 너를 故人이라고
부른다 흐린 피를 찍어서 그것들은 너를 탁본한다 비둘기
똥을 면사포처럼 둘러쓴 너를

더럽게 재수 없는

더럽게 재수 없는 수태고지
초장부터 똥 밟은 나는

아침저녁 살충제에 제초제를 섞어 마시고
줄담배를 피우며 수음을 하네

(내 눈이 걸려보지 않은 임질이라고는 없지만, 내 입이
걸려보지 않은 매독이라곤 없지만)

징글맞게 재수 없는 수태고지
구역질 구역질 애도의 헛구역질

성부와 성자와 성신의 이름으로

한번 박혀볼래?
박아줘?
더럽게 지분거리는 벌건 십자가의 이름으로

나는 내 자궁에 불을 지르고
그 불길에 담배를 붙이네

침대에서 침대로

침대에서 침대로, 신부의 침대, 해산
의 침대, 죽음의 침대로, 이것이 여성의 행로이다
　　　　　—제임스 조이스의 『율리시즈』 중에서

신혼의 침대, 해산의 침대, 간통의 침대, 임종의 침대
에서, 너는 낳는다, 이 개와 다를 바 없는 아버지를, 알
루미늄 모조 음경을 단,

이 개와 다를 바 없음을, 낳는다, 피와 똥이 묻어 있는
産卵의 침대에서, 협잡과 거래의 침대, 은닉과 묵인의 침
대에서, 오래된 음담의, 너덜너덜해진 陰門으로

낳는다, 더러운 주둥이로 파헤쳐진 음문이면서, 더러운
주둥이인, 아버지를, 진짜처럼 보이고, 진짜 같은 맛이
나는, 알루미늄 모조 음경을,

다를 바 없음을, 낳는다, 후산물이 출산물을 먹어치우
는, 징그러운 死産의 침대에서, 너는 낳는다 토막토막,
네가 배태한 적이 없는 것을,

집?

집?

어느 집?

어느 뱀 구덩이?

포옹으로 죽이고 입맞춤으로 죽이는, 어느

귀머거리

독사 굴?

그것은 하나의 악취

.

1

그것은 하나의 악취, 형언할 수 없는 악취로 이루어진
구조물, 악취의 내벽과 외벽 사이에서 그것이 네 입에 넣
어주려고 하는 것은 무엇일까……

2

아무것도 소통되지 않는 소통, 아무것도 이해되지 않는
이해, 벙어리 속에서 걸어 나오는 또 다른 벙어리, 귀머
거리 속에서 걸어 나오는 또 다른 귀머거리, 쇠로 된 귀
머거리,

3

더럽고 견딜 수 없는 꽃밭에서, 목을 조르다가 멈추고
조르다가, 멈추는, 입에 담을 수 없는 꽃밭에서, 혀를 자
르다가 멈추고 자르다가, 멈추는

4

네가 없었으면 없었을, 더러운 웅덩이가 힉힉힉 웃는
다, 눈을 돌릴 수 없는 그것의 깊이, 눈을 돌릴 수 없는
그것의 웃음,

이 웅덩이가 이곳의 유일한 꽃이다

뜯어먹은 생쥐, 잡아먹은 고양이

뜯어먹은 생쥐, 잡아먹은 고양이, 아버지, 아버진 주어서는 안 되는 걸 주어요, 아가, 넌 받을 걸 받는 거야, 영원히 그것밖에 받을 것이 없는 걸, *뜯어먹은 생쥐, 잡아먹은 고양이*, 아버지, 아버진 가르쳐요 가르쳐서는 안 되는 걸, 아가, 넌 알게 될 걸 알게 된 거야, 칼을 대기도 전에 쩍 벌어지는 법을, *뜯어먹은 생쥐, 잡아먹은 고양이*, 아버지, 아버진 먹여서는 안 되는 걸, 먹여요 칼끝으로, 먹여요 우산대로, 먹여요 전봇대로, 개구기로 내 입을 벌려놓고서, 아가, 넌 먹을 걸 먹는 거야, 언젠가는 기쁘게 먹어치우게 될 걸, *뜯어먹은 생쥐, 잡아먹은 고양이*, 아버지, 난 너무 많은 것을 보았어요, 아가, 그렇다고 충분히 본 건 아냐, 한번 보기 시작하면 죽을 때까지 봐야 하는 거야, *뜯어먹은 생쥐, 잡아먹은 고양이*, 이제 곧 잊지 못할 밤이 올 거야, 아가, 무엇을 상상하든 그 이상을 맛보게 될 거야, 티끌 한 점 없는 집에서, 아가, 벌레 한 마리 없는 그곳에서,

밥공기 속에서 검은

밥공기 속에서 검은 머리카락이, 치렁치렁 머리 없는
머리카락이 길어 나오는 그곳에서,

뇌진탕의 역사를 문턱마다 지닌, 간통의 역사를 침대마
다 지닌 그곳에서, 하루걸러 日蝕인 그곳에서,

당해보지 않은 추행이라고는 없는 그곳에서, 물려받지
않은 유전병이라고는 없는 그곳에서,

베개 속에서 꺼낸 베개를 자지처럼 흔드는 그곳에서,
베개 속에서 꺼낸 베개를 베개에게 먹이는 그곳에서,

경악하지 않을 수 없는, 경악할 것이 아무것도 없는 그
곳에서, 내가 내 눈을 쳐다볼 수 없는

쳐다볼 필요 없는 그곳에서, 반쯤 돼진 네가 네 시체보
다 빨리 썩어가고 있는 그곳에서,

어느?

어머니?

어느
어머니?

내리는 곳마다 우산을 들고 나와 서서
뱀처럼 입맛을 다시는?

쥐를 죽여 집안 여기저기 숨겨놓고 아랫목에서
맞아 죽은 구렁이처럼 악취를 풍겨대는?

반은 젖, 반은 침, 반은 젖꼭지, 반은 빨판, 반의 반은
원수, 반의 반은 자동이체 영수증인, 어느

어머니?

어느
시구문(屍柩門)?

그것들은 서로를

그것들은 서로를 그 무엇이라고도 부르지 않는다 그것
들은 서로의 머리 뚜껑을 발딱 열어젖히고 철철철 오물을
갈긴다 서로의 머리카락에 불을 지르고 불구경을 한다 그
것들은 서로의 배를 갈라 돌덩이를 집어넣는다 서로의 자
궁 속에 피똥을 눈다 그것들은 추잡한 애정으로 서로를
애무한다 엉겨 붙고 찢어발기고 헐떡거리고 으르렁거린다
피떡과 꿀떡 그것들은 서로의 이빨로 서로를 씹는다 서로
의 목구멍으로 서로를 삼킨다 그것들은 번갈아가며 서로
의 가랑이 사이에서 식칼을 파낸다 칼끝이 휘어진 부엌칼
을 치명적인 회전문 그것들은 서로를 향해 광견처럼 짖어
댄다 그것들은 서로를 평온한 마음으로 도살한다 서로를
통조림으로 만들어 한평생 서로에게 먹인다 먹는다

가지마다 다른 꽃이

가지마다 다른 꽃이 피었네
아버지가 접목한 나무
코를 자르고 귀를 붙였네
귀를 자르고 발가락을 붙였네
아버지가 접목한 나무
가지마다 다른 열매가 맺혔네
이 가지에 양 대가리
저 가지에 개 다리
주저리주저리 열렸네
아버지가 접목한 나무
짐승의 피가 섞인 나무
아침저녁 터럭과 눈빛이 바뀌는 나무
이 가지가 저 가지의 목을 감았네
저 가지가 이 가지의 눈을 후볐네
뿌리 너무 깊은 열매들
들여다보면 하나같이 불구였네
아버지가 섭목한 나무
불구의 열매가 불구의 열매를
아귀아귀 따먹었네 뿌리 깊은
열매를 뿌리 깊은 열매가
으적으적 씹어 삼켰네

집요하게 은폐되는

집요하게 은폐되는,

손발이 생기자 말자 中絶되는, 심장과 눈이 생기자 말자 密獵되는, 도망 중인, 동서남북으로, 동시에 네 방향으로 도망 중인, 도주가 安住인, 장롱 속에서 질금질금 오줌을 지리는, 입속으로 심장을 게워 올려 씹는, 탈골의, 탈구의, 탈장의, 여기, 언제나, 不具로, 있는, 소거되고, 소각되는, 불길 속에서 떨며, 얼어붙는,

한 번도, 있어본 적이 없는, 그러나, 한 번도

없어본, 적이, 없는,

똥 묻은 발로

똥묻은발로
네자궁속에서걸어나오는

썩어가는굴종의침대위에서네가
가랑이껏벌려주는

아침에는혼내주고저녁에는빨아주면서우산대에꽂힌
쥐를먹이는

오른손이하는짓을왼손이모르는오른손이하는짓을
오른손이모르는

방안의것이무섭고밥상위의것이무서운입안의것이
무섭고뱃속의것이무서운

밥공기속의밥알들이뻣뻣해지는혓바닥이
밥주걱처럼뻣뻣해지는

네아버지의자지와네남편의자지와네아들의자지가
네입안에서썩어가는

집

침수된 축사였네

침수된 畜舍였네, 나였던 짐승의 썩은 고기가 걸음걸음 나를 불러 세웠네, 짐승이 되어, 짐승보다 더한 짐승이 그 고기에 입을 대었네, 팔뚝만한 구더기를 낳았네 썩은 걸레 위에, 날이 가고 달이 가고, 구더기 속에서 또 다른 구더기가 기어 나왔네, 불길한 살점이었네, 내가 없어져야 너도 없어질 수 있다고, 나였던 짐승이 내 입에 게워 준 살점, 씹을수록 불어나는, 씹을수록 질겨지는 살점을 받아 씹었네,

나에게는

나에게는
뾰족하게 깎은 연필 한 자루 있네

나에게는 뾰족하게 깎은
자지 하나 있네

뾰족하게 깎은 자지, 아버지의
자지로 오늘도 나는
내 눈을
찌르네

아버지, 아버지가 밴 아이는
내 아이가

아녜요

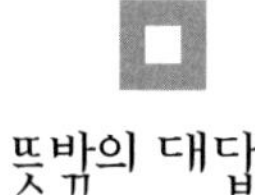

뜻밖의 대답

1판 1쇄 펴냄 2005년 3월 10일
1판 3쇄 펴냄 2020년 2월 13일

지은이 김언희
발행인 박근섭, 박상준
펴낸곳 (주) 민음사

출판등록 1966. 5. 19. 제16-490호
서울특별시 강남구 도산대로1길 62(신사동)
강남출판문화센터 5층(우편번호 06027)
대표전화 02-515-2000 / 팩시밀리 02-515-2007
www.minumsa.com

* 이 책은 한국문화예술진흥원이 주관하는 〈이달의 우수문학도서 보급사업〉의 일환으로
국무총리복권위원회의 복권기금을 지원받아 무료로 제공하는 책입니다.
(문학회생프로그램 추진위원회 홈페이지 http://www.for-munhak.or.kr)